一直都很笨

红 茶 图/文

山东画报出版社

图书在版编目（CIP）数据

一直都很笨/红茶图/文.—济南：山东画报出版社，2010.1
ISBN 978-7-80713-979-9

Ⅰ.一… Ⅱ.红… Ⅲ.绘本－中国－当代 Ⅳ.I287.8

中国版本图书馆CIP数据核字（2009）第059099号

责任编辑 刘 晓
装帧设计 王 钧
主管部门 山东出版集团
出版发行 山东画报出版社
社 址 济南市经九路胜利大街39号 邮编 250001
电 话 总编室（0531）82098470
市场部（0531）82098479 82098476(传真)
网 址 http://www.hbcbs.com.cn
电子信箱 hbcb@sdpress.com.cn
印 刷 山东新华印刷厂德州厂
规 格 140×200毫米
5印张
版 次 2010年1月第1版
印 次 2010年1月第1次印刷
印 数 1-6000
定 价 18.00元

我们经常一起玩

姐姐小梅
经常照看
哥哥和我

哥哥小明
爱吃水果

邻居大头
喜欢爬树

胖大莉
我最好
的朋友

红小茶
就是我

我的童年还没玩够……

你的呢？

目录

1 2 3，出来玩！

到街边纳凉

吃过晚饭，妈妈拿起她的蒲扇来。她又要出去纳凉啦。我赶紧拿上小板凳。闷热的夏日晚上，我们喜欢跟妈妈到路边纳凉。

大人们聊着他们感兴趣的话题。

聊到"晚上吃的什么"这个环节我就凑过去听一会。

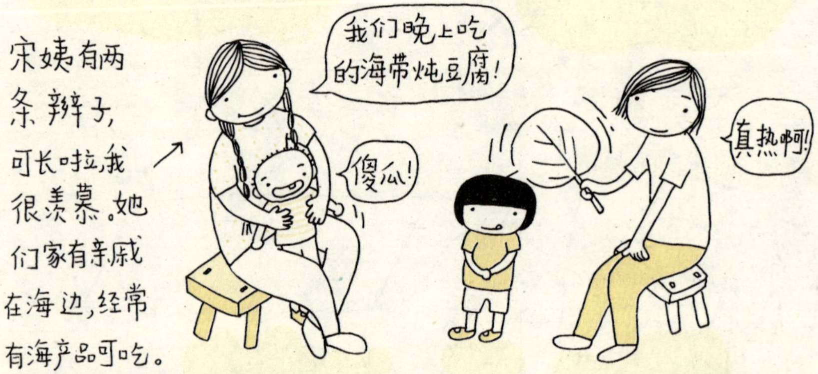

聊到不喜欢听的话题,我就去找姐姐哥哥玩。

哥哥也有自己的伙伴。

小飞虫飞来飞去的路灯下面人最多。

一群小孩在玩“冰糕，化了”的游戏——

另一群小孩在玩“老鹰捉小鸡”——

“纳凉晚会”的重头戏到了。

阿姨们开始显摆，让小孩们表演节目。

大莉表演了一段舞蹈，脖子可以左右晃的那种。

大头的表演同样赢得掌声一片。
该我上场啦。怎么办？怎么办？
我急中生智，表演了一段歌伴舞——

1、2、3、4、
5、6、7、8、9、10
……好了吗？
夏日的街景

只因当时太紧张

跳皮筋可不是一项简单的游戏。

通常要分成两大帮。为首的两个人技术相当高超。

我们这条街上的两大高手一个叫璇璇，一个叫大莉。

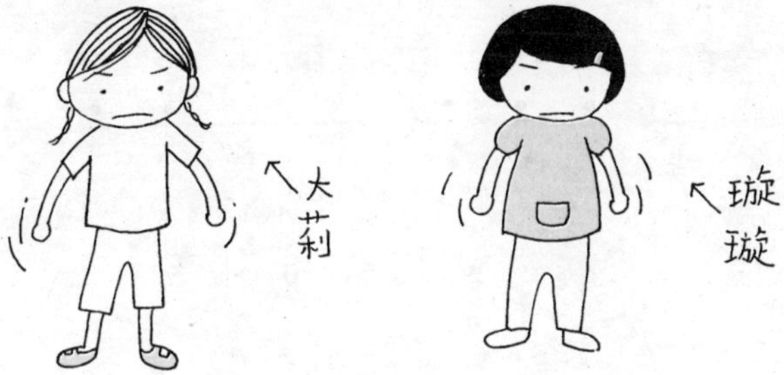

跳之前，高手们剪刀、石头、布决胜负挑人。

虽然我和大莉关系不一般，但她从来不选我。因为如果选错了人，就会直接影响到本队的成绩。

最后，没有被选到的人就自动沦为"捎伙的"。常常当"捎伙的"成了我童年时期的烦恼之一。因为"捎伙"虽然不用撑皮筋，并且两边都跟着跳，但两边都不给算成绩，很没成就感。

别小看捎伙的。
两边都跟着跳，很累！
所以要保存体力。

坐着的人就是正在保存体力的我。

有时一方快要跳到"大举"了，特带劲。但这时换了另一方跳，就只能从头开始。

这样的事情也时有发生——

这，就是一个"捎伙的"悲惨遭遇！

这是一个大家都写完了家庭作业的下午。

大人们都去上班啦！

风清云淡，这样的下午多么适合跳皮筋啊！

大莉和珊珊够狠，到大举的时候连手指头都用上啦！谁都不敢上。

机会来啦，我要用实力把大家的问号改成感叹号！

众目睽睽下，我退后几步——

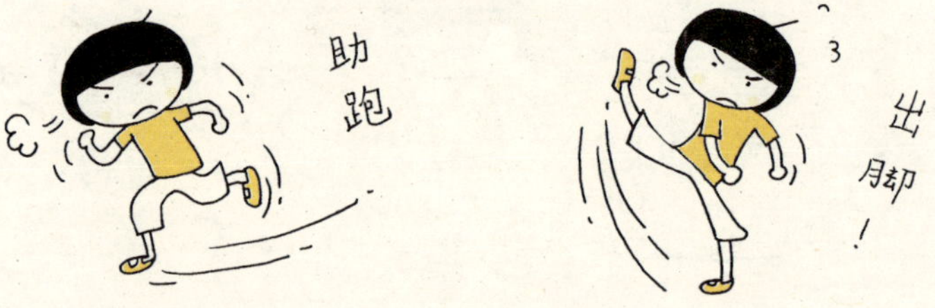

谁知，用力过猛！我结结实实地摔在了地上。

皮筋纹丝不动……

后来，我连"捎伙的"都没得做。

拉风的事

很小的时候，我就知道打扮自己啦。从厨房找来几根韭菜，掰成一节一节的，戴在脖子上当项链。

挑两颗好看的花生，三个粒的那种。耳朵一边夹一个。

好啦！

我大摇大摆地走在街上，觉得自己很酷，很拉风！就是花生夹得耳朵有点疼。

正走着，迎面走来大头。

他的"项链"是大克拉的——用蒜薹掰的。并且嘴上、眼皮上都夹着花生！

我的自卑感油然而生……

大象滑梯

我们这一拨上幼儿园时，只有一个破旧的、掉了漆的旋转木马可玩。

一个人玩时，要先带着它助跑，在它转动起来后迅速跳到上面。转着转着不动了，便跳下来，重复上面的动作。

在回家之前，或是其他小朋友正在午睡，这样做一点都不无聊。

我常在别人午睡时溜出来自己玩。

正午的阳光透过梧桐树的叶子照下来，落下一块块光斑，闪得眼睛疼。

上学后，幼儿园里才有了滑梯，引得我们常在放学后聚集在大门外，看里面的小朋友玩。

看门的老头总是把我们拒之门外。我们的糖葫芦根本派不上用场。

于是，我们相约实行最后的方案——周日趁老头休息时爬门进去。

我们顺利地出现在大象滑梯上！

正玩得起劲，在门口放哨的大头狂奔过来，
说远处有个人影朝这边走来！

我们立马从滑梯上跳下来。
大头、胖子他们身手灵敏，像虫子一样从门上爬了出去。

我越慌越跑不快，还被一块石头绊倒！

当我费劲地爬到门上时，看大门的老头正背着手站在门外怒视着我。

我说什么也下不去，和他相持了好一阵。

后来怎么下来的？想不起来了……

去洗澡

一到周六，妈妈就带我到附近的公共浴池去洗澡。我讨厌洗澡，因为我觉得自己一点都不脏！

澡堂里人很多，我又碰到了胖大莉。

大头也来啦！
他都五岁了，应该去男澡堂！
丢丢！
丢丢！
洗澡真痛苦！
我的眼睛！
太烫啦！
轻点搓啊！
洗澡真好！

总算洗完了！妈妈给我换上干净的内衣。

我们头上冒着热气，像刚出笼的小馒头。

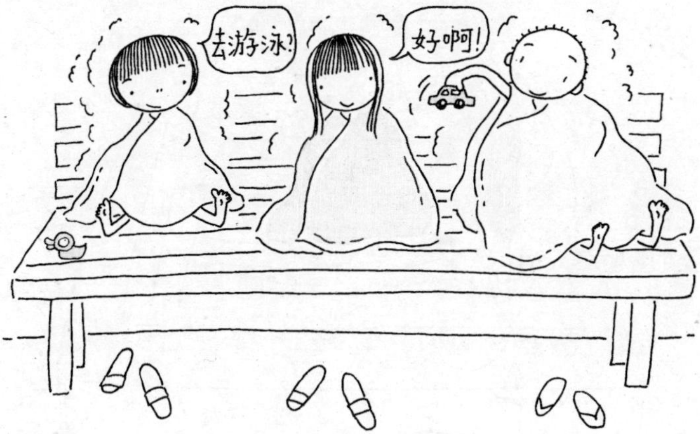

游泳去啰！

澡堂中间有一个大水池，那就是我们的"游泳池"。

我们玩得可开心了！

玩"潜水"时还喝了好几口水。

水不深，刚好在腰往上一点。

我们在水里很费劲地游过来游过去。

不一会，手和脚变得皱巴巴的。

大头把水弄到了大莉脸上，大莉脱下刚换上的背心打大头。我和大莉是最好的朋友，应该帮助她。于是，我跑回更衣室拿来毛巾被往大头身上扔。

不一会，澡堂里一片混乱！

正在洗澡的妈妈们闻声赶来。

我们又挨个被拖进澡堂里面洗了一遍。

当时的澡堂

放衣物的橱子上有编号。为了预防衣物的丢失，洗澡的人自带一把锁，把橱门锁上。钥匙用一根皮筋套在手腕上。

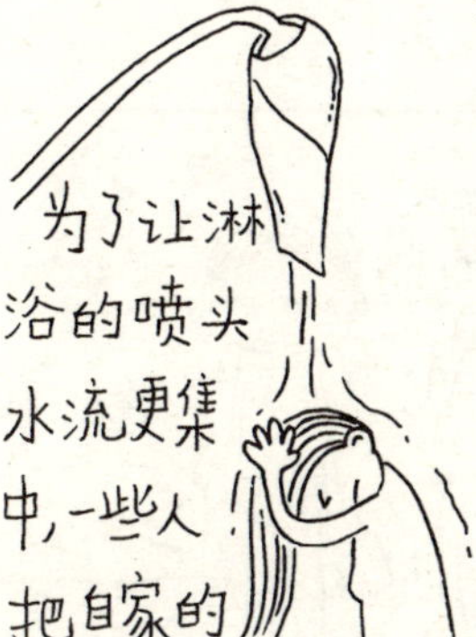

为了让淋浴的喷头水流更集中，一些人把自家的毛巾围在喷头的上面。

有的人洗完澡后顺便把换下来的内衣也一块洗了。但如果让看澡堂的人看到了，会被制止。

洗澡前先找好拖鞋

经常一起洗澡的三个人

洗好了头发的长发女人用一把梳子把头发很优雅地盘在头顶。我也想留长发了。

洗完澡后，妈妈们要对小孩的生长情况进行一番点评。

最怕遇到这样的情况——

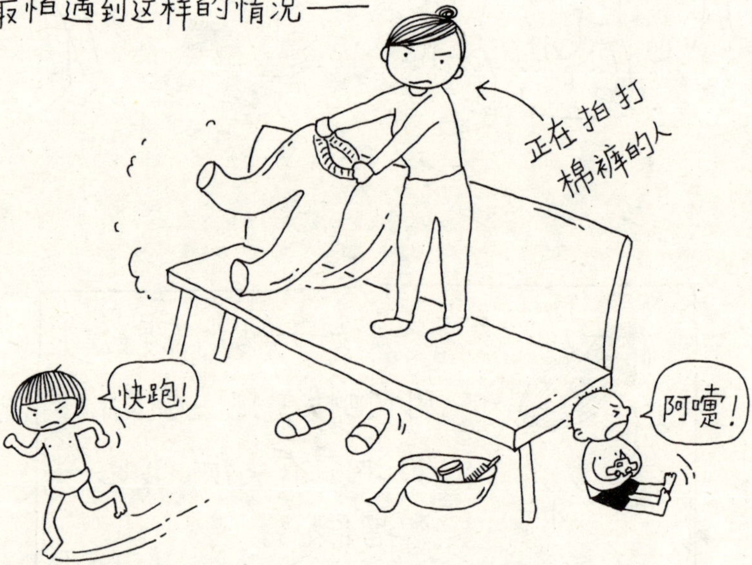

哈哈!
下吧,下吧,我要发芽!
哈哈!
在公共浴池里,每个人的身体在大家的目光下暴露无遗。大人们的眼神很微妙,有羞怯、羡慕、比较的成分。只有小孩们专心致志地玩。
年轻的女孩

每次洗完澡之后，
很喜欢闻妈妈用"海鸥"洗头膏洗过的
湿漉漉的头发的味道。

一直都很笨

笨小孩

我的算术从小就很差，考试经常不及格。

尤其不擅长做应用题——

用10块长7厘米、宽5厘米、高3厘米的长方体积木，拼成一个长方体，这个长方体的表面积最小是多少？

小时候最怕玩的游戏——

我没有放弃学习——

但每次的数学考试都让老师很头疼！

直到现在，如果冷不丁地问——

就会头一蒙，若是不——得—这样捋下来，还真答不出来。

买菜也不会算账——

要想弄清楚各种话费套餐，那简直是个奇迹！

做菜时——

豆腐——300克
肉片——50克
青椒——25克
木耳——20克
姜末——5克
葱段——10克
白糖——15克
豆瓣酱——25克
黄酒——5cc
酱油——5cc
盐——2克
油——150cc

有一次旅游回来——

这个箱子至今未打开，成了一个谜。

还经常把身份证、手机号、QQ号、密码等数字弄混了。

自从学了英语，就开始晕字母。

最尴尬的要数——

这个，这个……
红茶姐姐，这道数学题怎么做？
在办公室里号称大学生的红老茶。
同事的孩子小刚，上小学五年级。

嗯——啊——呵，咱们玩游戏吧！
好啊，好啊！
转移话题
可怜的孩子！

就这样，顽强地和各种数字做着斗争！

后来遇到了水手——

小时候……
唉，这么笨，长大以后怎么办啊？！
爸爸
红小茶
爱玩各种线头、破纸盒。
如今……
唉，啥时候有出息啊？！
水手
红老茶爱画鸡蛋

1+1=?

对红小茶来说，
还真是个难题！

红纱巾

很长一段时间，我只有把腿搭在妈妈身上才能睡着觉。

妈妈起床后怕吵醒我——

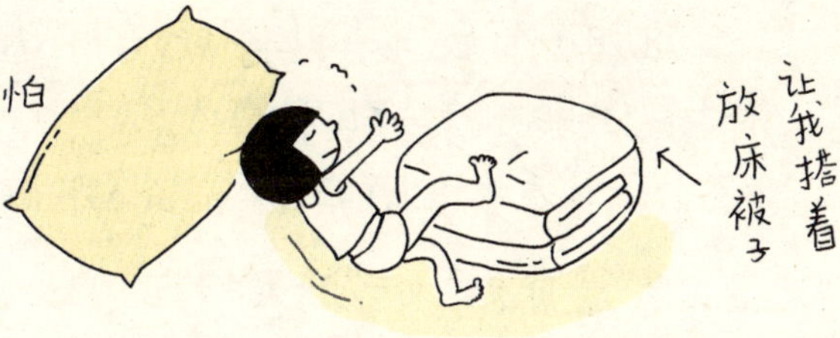

后来，跟姐姐一床睡，必须要和她鼻尖儿对着鼻尖儿才能睡着。

姐姐工作后，我有了属于自己的小屋——一间很小的只能放下一张床的小屋。

这间屋本来是厨房，它如此之小，至今我都没弄清楚床是怎么放进去的。

我要充分发挥我的设计才能，好好布置一下!

首先翻出一本过期的挂历，精选了两张，裁剪了一下，贴在墙上最扎眼的地方。

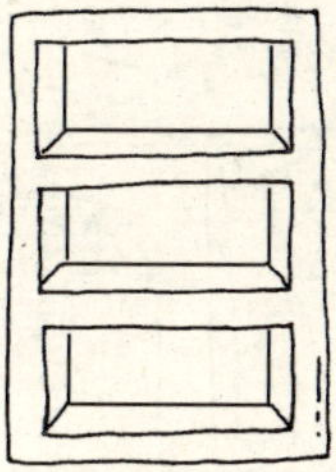

最倾注我心血的是墙上的平台。这里以前是放杂物的，比如酱油瓶、盐罐子什么的。如今，该放点什么好呢？

想了很久，最后的方案如下——最上面一层放日记本一本、胶水一瓶。中间一层放暖壶造型的转笔刀一个、小人书数本。最下面一层有点空，放香橡皮一块。

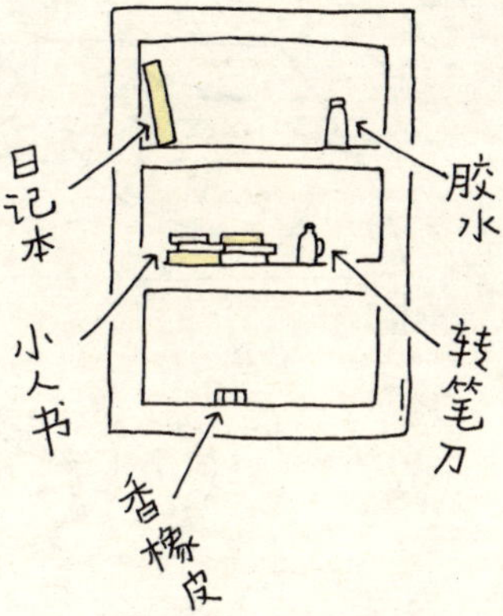

感觉还是少点儿什么。想起来了！我从箱子里翻出老妈新买的纱巾，比了一下，正好！找来按钉，把纱巾结结实实地按在上面。

好啦！我对自己的设计相当满意。

只是——

后来，妈妈翻遍了箱子和大衣柜也没找到她的红纱巾。

简约之美

自从成功地设计了我那只有一张床的小屋后，我的视野转向了客厅。我环视了一下整间屋子，眼睛从高低柜、电视机到桌椅板凳，最后把目光落在了门后的痰盂上。嗯，细节最重要！我把痰盂的位置从门后挪到床边。还是不满意，干脆把它扔院子里了。——后果是，老爸找不到这个痰盂，很生气。

另一个重点是方桌。平常的摆法是这样的——

其实生活中并不缺少美，缺少的是发现美的眼睛。

只要稍加变动，就会有意想不到的效果。

我最中意的是这款简约的设计——

清新！

简洁！

耳目一新！

妈妈去上班了

累!
哈!

啪!
我是大灰狼!

一直都很笨 YIZHIDOUHENBEN

妈妈下班回来。

眼前的一切让妈妈很生气！

更可气的是不见红小茶的人影！！！

妈妈在卧室的窗帘后面找到了正在呼呼大睡的红小茶——

难忘的童年啊！

纯棉时代

邻居大川早早地就戴上眼镜啦。

他酷爱打篮球，每次打球前，用根皮筋拴着眼镜腿套在头上。尽管如此，他的眼镜经常是这样的——

他并不急着去另配一副。因为他跟我们一样清楚，新配的眼镜很快又会变成上面的情形。

一次，他打球回来。

"在球场上，你能看到球在哪里？"我不解地问。

"指望眼睛看球？那就完蛋了！"他头上冒着热气，用黑乎乎的大手扶了一下快掉到鼻尖上的眼镜说。

"不用眼睛看？难道用鼻子闻？"我对篮球一窍不通。

"要感觉！要感觉到球的存在！"他把我彻底说懵了。

他擦眼镜的材料众多，随手可得，因此，他的眼镜是磨砂的。

一次，我们正在画室里画素描。他上身穿一件深蓝色羽绒服，下面穿一条牛仔裤。正画着，他忽然很费劲地弯下腰，从牛仔裤的裤角处掏啊掏。最后掏出一小截棉毛裤来擦眼镜。并对我们嘿嘿一笑："纯棉的，擦得特干净！"

我对纯棉的好感，
就是从那时候开始的。
看了吗，看了吗，这是纯棉的！纯的！
真不错！
我可以摸一小下吗？
当然可以！
怎么摸上去油乎乎的？
不懂了吧！纯棉的就这样！
此时，在红小茶的家里——
厨房的抹布怎么找不到了？
妈妈

收集各种纯棉质地的花布是我的一大爱好。

我有一个鞋盒子，里面收集了很多花布头。

有妈妈做衣服裁下来不用的，有跟别人交换来的。隔一段时间，我就把鞋盒从床底下拖出来，把这些布头欣赏一番，或者拿出来“piǎn”（显摆的意思）。

外婆用来做褥子的老粗布是手工织的，已经洗得褪色泛白了，有时光的味道。

学什么都比别人慢

第一次敢划火柴是在小学五年级。这时的胖大莉不但会划火柴，都会下面条啦！

学看表用了近半年。

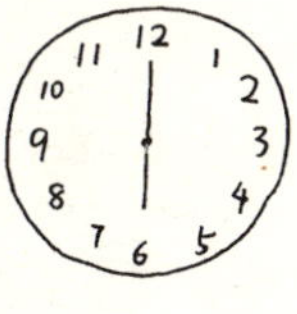

—开始学滑旱冰—

—年后—

有点咸

上到高中，班里就有住校的学生了。

他们可以自己买饭，自己逛街买衣服，一周才回家一次。

这对家住学校对面，放学后晚回家一会儿，妈妈就会出来找的我来说，是个极大的诱惑。

冬季来了，又到了住校男生们烤鞋垫的旺季。

我们在教室里呆久了，嗅觉都很迟钝。来上课的老师那可是来一个熏倒一个。

其实，一上高中，我就
喜欢上一个男生。
这就叫一见钟情吧！

可是他喜不喜欢我呢？

那时的座位隔一段时间换一次。这次轮到我们这一排挨着暖气。

晚自习上，我正埋头复习。忽然一个纸团落在桌上。回头一看——我喜欢的男生正深情款款地望着我。

我哆里哆嗦打开那个令人期待的满载着秘密的小纸团——

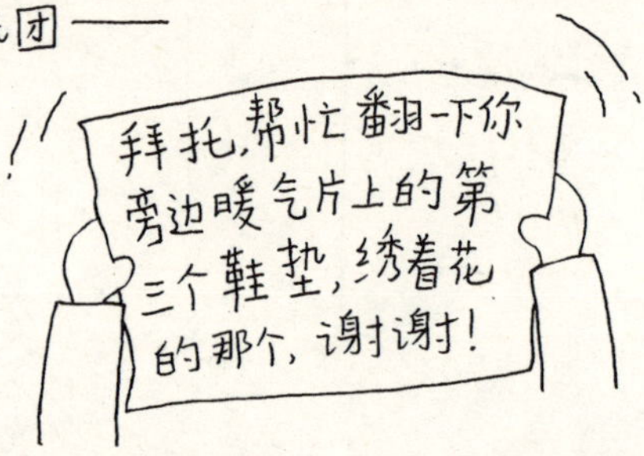

从那以后，我便
把心思用在了
高考上。

妈妈教我的事

妈妈做的饭

对于嘴馋的人来说，小时候的馋那是真馋，是不加掩饰的、发自内心的馋。把宝塔糖、食母生当点心吃；去山上挖甜根；爬树摘桑葚。想到早上有馄饨可吃晚上便能睡个好觉。

大瓶食母生（一看到这个就跟现在看到巧克力的感觉差移）

家里有这么馋的孩子，当妈妈的要在做饭这件原本就繁琐、枯燥的事情上付出更多的努力和耐心。

一棵寻常大白菜，妈妈就有很多做法。

白菜叶炖着吃；

白菜帮片成片，炒着吃；

白菜心切成丝，加点盐、糖、醋拌着吃。

妈妈做的饭

鸡蛋饼卷肉卷

用打散的鸡蛋搅匀后煎成饼，里面放入用葱、姜、盐、酱油调好的肉馅。卷好后放入蒸锅里蒸熟，然后切成片摆在盘子里。这道美味一般是有客人来吃饭时才出现在餐桌上的。

我们是很乐意帮妈妈摆盘的。

熬得黏稠的稀饭里放入切碎的咸菜丁，那叫一个香！咸菜就用最常见的咸菜疙瘩。

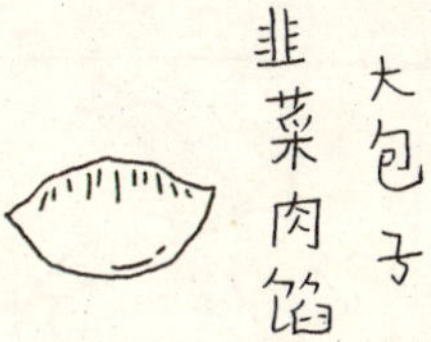

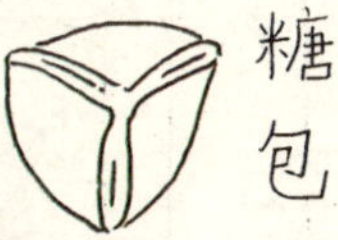

妈妈蒸的包子是一咬就淌油的那种。我一顿能吃好几个。如果剩了面，就用面粉掺点红糖，包几个糖包。因为红糖里掺了面粉，咬一口红糖也不会淌出来烫嘴。

我有时也帮妈妈做饭——
别捣乱啦!
呵呵
袖珍小馒头

哈……哈……

呵……呵……

我的最爱——炸藕盒

妈妈做了鱼，从不让我吃鱼子，说吃了鱼子不识数。
但是——

鱼眼总是留给我吃。因为她听说吃了鱼眼不近视。
后来——

才上五年级，我就戴上
眼镜啦！
为什么我总是让妈妈
失望呢？！

南瓜味

南瓜成熟的季节里，妈妈喜欢买来南瓜，做南瓜汤给我们喝。

南瓜的做法有很多种。

可以做汤、熬粥，也可以切成块，直接蒸着吃。

妈妈买菜有自己的一套经验。

什么样的山药炒出来不发黑；哪一种菜花是当地的；什么样的枣甜；什么样的土豆好吃。也确实，妈妈买的东西样样好吃。

我虽然经常跟着妈妈买菜，但这些买菜的技巧没有学到半点。一到了菜市场，我的眼神就被路边的棉花糖、柿饼牵扯住了，难以自拔。

对南瓜的挑选，妈妈的经验是——长相越丑的越好吃。一次，妈妈从菜市场买回来一个奇丑无比的大南瓜放在厨房里。那南瓜丑得能让人联想到一切不美好的事物。这让经常溜进厨房找吃食的我很不爽。我一看到它就觉得恐怖，想哭！

我再也忍受不下去啦！

一日，趁老妈在做饭，我迅速跑进厨房，抱起那个丑南瓜狂奔出去。妈妈听到声响追了出来。

但是晚了，我已经把南瓜抛进了垃圾箱。

为此，妈妈嘟囔了很长时间。

虽然没有喝到那个丑南瓜做的汤，但后来我对外表丑陋的事物有了新的认识。

楼洞里的饭香

寒冷的冬季又来啦。满大街飘着葱皮。家家户户的门前都晒着几棵大白菜。最外面的一层干黄了，里面的还很多汁。

买白菜要全家出动。看到一棵棵白胖的白菜运回家，心里便很踏实。

萝卜不用晒。用沙土埋在地里，吃的时候挖出来。吃多少就挖多少。

原本丰盛的餐桌上忽然变得单调。顿顿白菜、萝卜，或者白菜炖豆腐、萝卜炖豆腐。漫长的冬季里，我多想吃点别的什么啊！

一日，放学回家，一进楼洞就闻到一股浓郁的味道。嗯，土豆炖排骨！

我噔噔噔跑上楼，冲进家门。

来到厨房一看——还是白菜炖豆腐。

那楼洞里弥漫的土豆炖排骨的味道，
是别人家的饭香……

织毛衣

小时候，
妈妈常让我帮她缠毛线。
我的手随着妈妈
手里的那根线
夸张地上下左右地
比画——
线球越缠越大，
毛绒绒的。

每回妈妈做好了
其他的事情，
便走到椅子边，
拿起毛线针，
一针一针地织起来。
我搬个小板凳
凑到她身边。
清淡的雪花膏香味里，
妈妈手里的毛线
轻轻抖动着。
我常常看得入迷。

我也想织毛衣！
织毛衣太好玩啦！

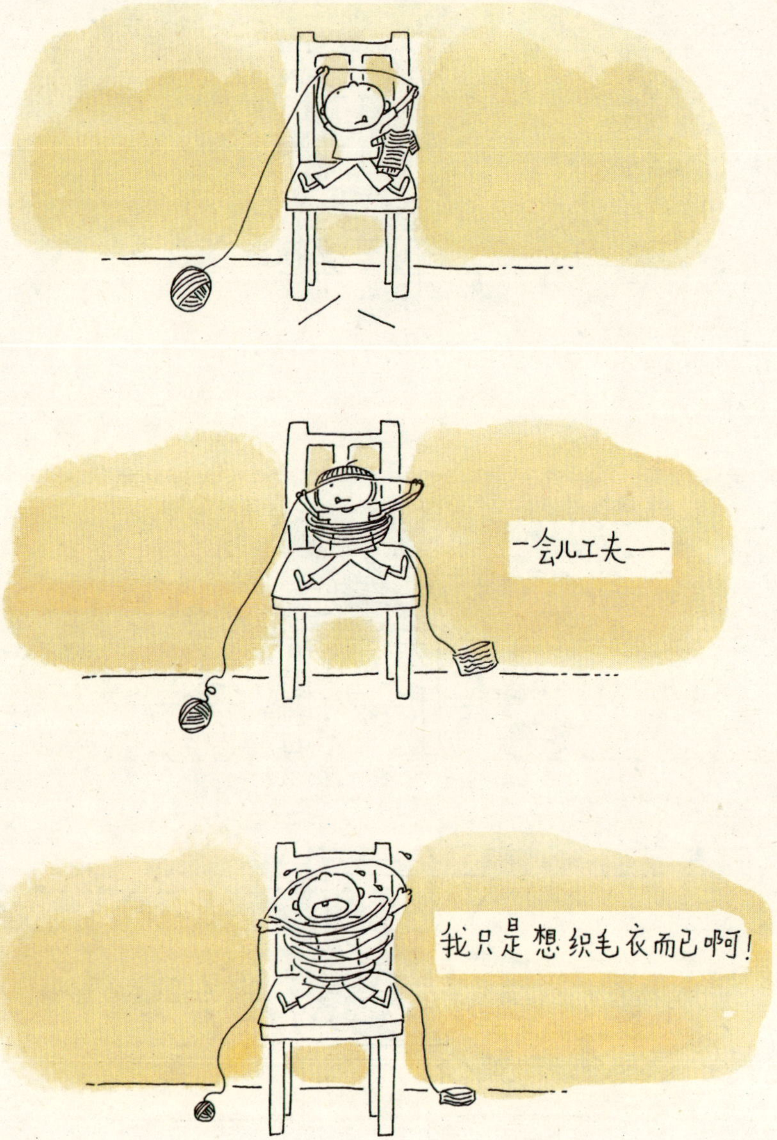
一会儿工夫
我只是想织毛衣而已啊!

怎么啦？
啊!!!

我想织毛衣！
妈妈说
等我长大了，
就教我织毛衣！

几周后，
毛衣织好啦！
妈妈织的毛衣真温暖！

直到现在，
我都没有学会织毛衣……

有鸡蛋饼吃的日子里

有一次，我和大头在院子里比赛转圈。

一圈、两圈、三圈……

转到第十圈的时候——

我的头撞在了厨房的拐角处。一股热乎乎的液体从头上淌下来。是血！当时没觉得疼，倒是站在一边的大头给吓哭啦！

我被大头喊来的爸妈送进医院，缝了好几针。总算可以不去洗澡啦！

最重要的是，顿顿有老妈做的鸡蛋饼吃！

妈妈做的鸡蛋饼

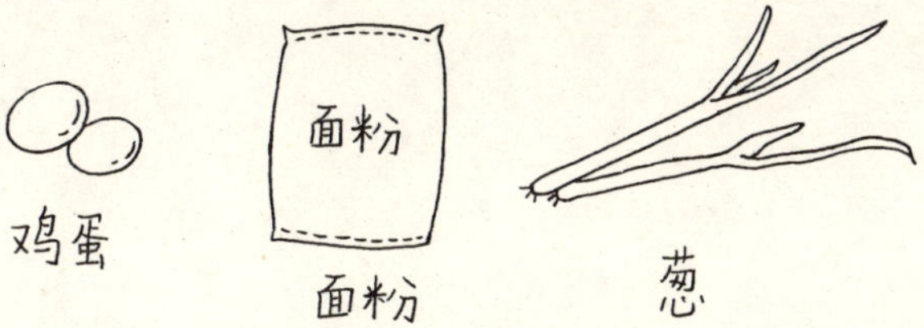

面粉倒进盆里后打入鸡蛋；
葱切成末后放进盆里；
加盐加水搅成糊状。

锅烧热后倒入花生油，将面糊舀进锅里煎成金黄色即可。

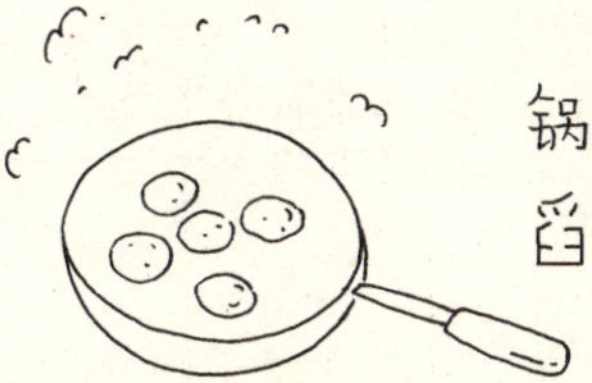

你吃得
够多啦！
人家想吃
鸡蛋饼啊！
头已经好啦！

乡间暑假

妈妈是小学老师。每年一放暑假，她就回乡下老家，在她生活过的小村庄度过整个假期。沿着村庄流过的清澈小河，村头的大柿子树，叔叔婶婶们做的农家饭，对久居城市的我们都是心向往之的。

每次，我们都努力争取——

妈妈很公正，把这次机会给了"吃吗吗香"的我！
路上是难熬的，要辗转好几个车站。

不知过了多久，盼望已久的小乡村出现在眼前！

姥姥早早熬好了小麦粥，还特意给我做了"面煎饼"。

因为老家的主食是小麦煎饼，吃着有点拉嗓子，姥姥怕我吃不习惯，就用面粉摊了"面煎饼"给我吃。

妈妈当然不只是为了回来玩。姥姥家和奶奶家都在一个村，她不是帮姥姥做饭，就是去奶奶那里做农活。其中我最喜欢的就是"拉风箱"。我觉得拉风箱真是一件很拉风的事！

吃饱喝足后，在姥姥家的院子里赶鸡玩儿——

接下来的日子，日日是好日。
到姥姥家的花生地里拔花生吃——

去小河边磨核桃——

妈妈带着我上山，认识当地的植物——

到镇上赶集——

晚上可就更好玩儿啦！
大柿子树下、草垛旁，坐满了乘凉的人。

找到有叔叔、婶婶的那伙，铺上凉席，躺在最中间。一会儿起来逮萤火虫，一会儿躺下听他们讲故事。讲的大多是一些奇闻怪谈，听着听着就睡着了……

我和爸爸

学车记

爸爸要教我学骑自行车。

听班上的同学说，即使是车技熟练的人也难免摔跤。所以，我一直害怕骑自行车。

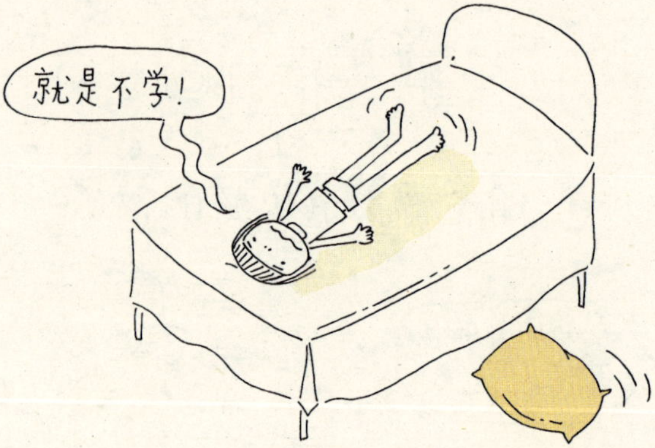
就是不学！

你这个年龄应该学啦！

那，你得先给我买个巧克力味的棒棒糖！

没有条件可谈，这周就学！
周日，爸爸带我去学自行车。
我在后面扶着，不用害怕！
哆里哆嗦

啊!
怎么这么笨!
啊!
爸,扶好了啊!
放心吧,
扶着呢!

想着爸爸一直在后面扶着，我也胆子大起来，竟然能骑很远。

但转了一圈后，我看到了站在对面的老爸。我一下子慌了，差点从车子上摔下来。

爸爸竟然在我不知道的情况下，悄悄松开了扶着车子的手，让我自己骑了很远！

后来——

手工时代

上学后，变得很要面子。

很长一段时间，我都不敢带同学到家里玩。不是不好客，是因为老爸自制的防盗门。

在那个小偷还不多的年代，家里竟被盗过一次。爸妈辛苦工作挣的工资被小偷偷走。于是，爸爸便自己做了防盗门。

当时住的是平房，每户人家房前都有一个小院，要想打开大门光有钥匙是不行的。门里有一个小机关。大门的其中一个方格是活动的，把手伸进去，打开里面的插销才能打开大门，进到院子里。

因为个子矮，每次去打开那个插销都很费劲，在同学的注目下这样做更是窘迫。于是，我强烈建议老爸去掉这道程序，未果。

进入小院后，屋门的防盗设计在当时的我看来还是有点科技含量的。

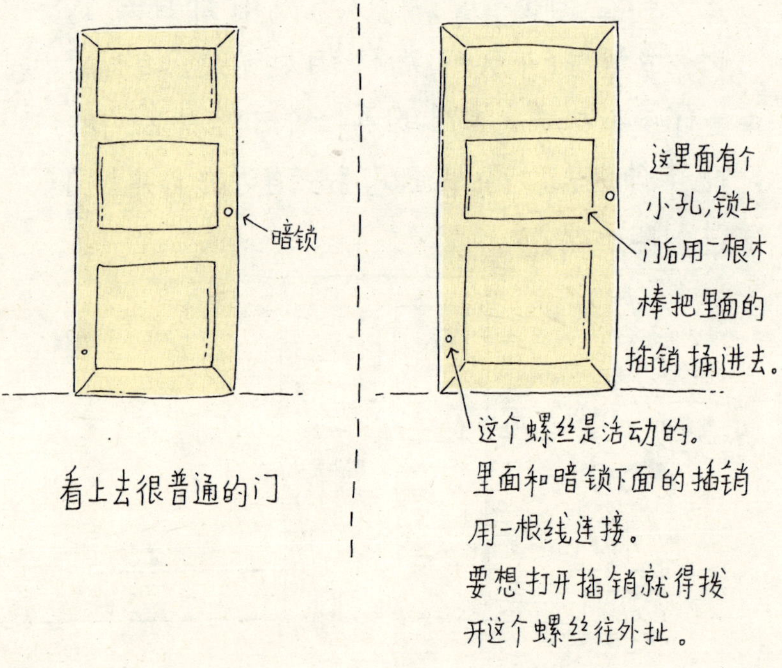

老爸做东西上瘾。

他自制的东西还有——

只能坐一个人的小推车

飞不起来的风筝

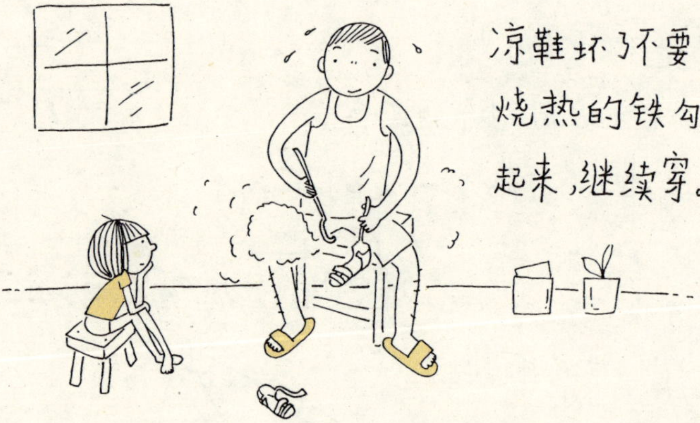

凉鞋坏了不要紧，用烧热的铁勾子焊起来，继续穿。

开始感觉很寒酸，但周围的同学都这样，也就不在乎了。

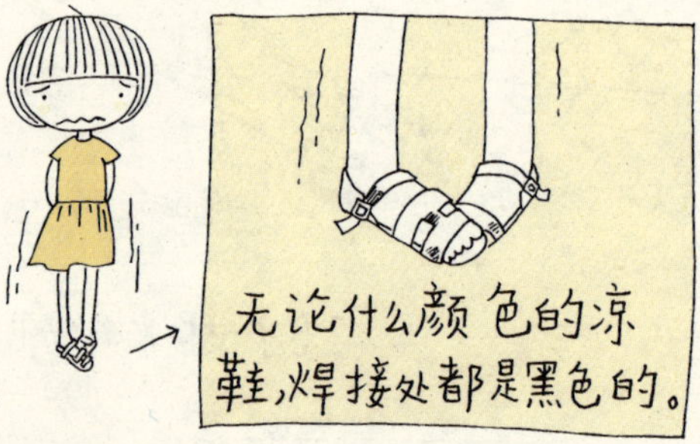

那时的凉鞋

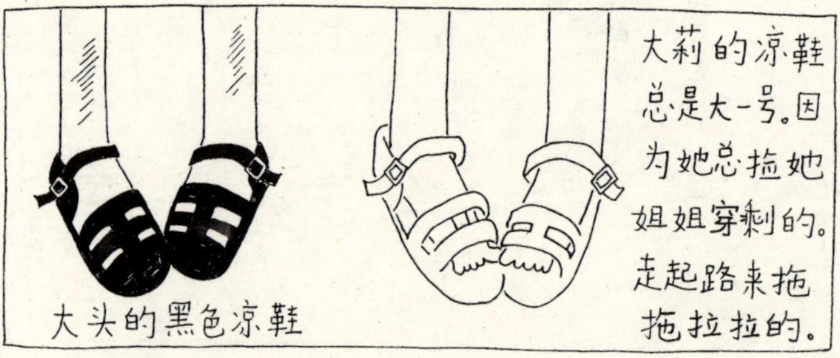

用打家具剩的边角料做成玩具——

自己扎拖把——

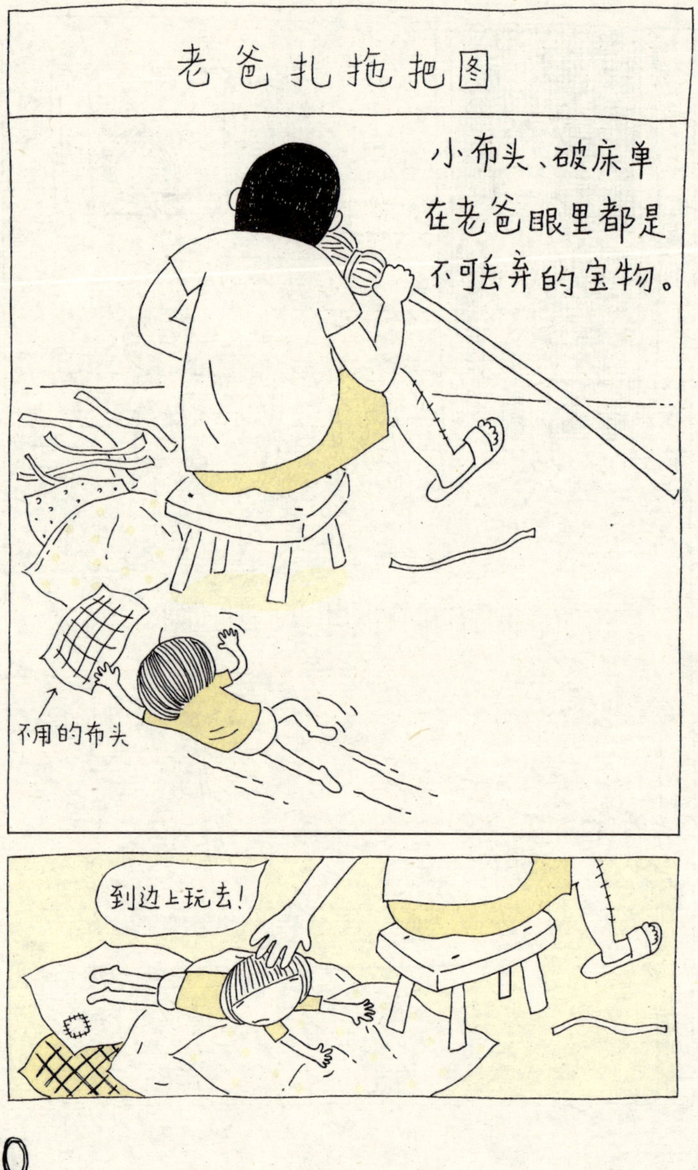

我也多少遗传了老爸的爱好，喜欢用小布头缝一些沙包什么的。

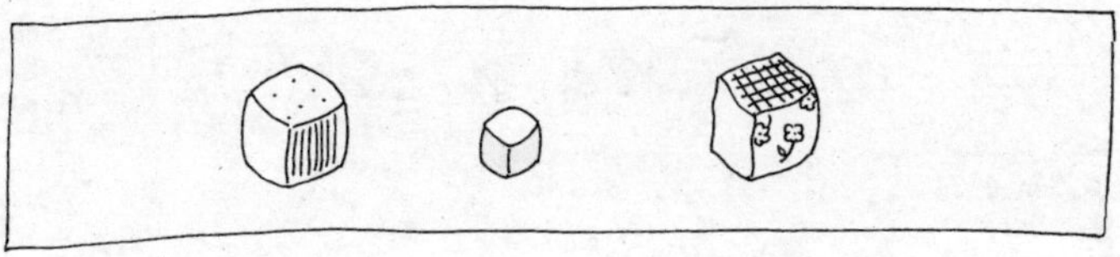

童年游戏之丢沙包——

童年游戏之一丈两丈——

老爸的手工制作与时俱进。

这不，前一阵回家就发现了这个——

擦窗户的工具！

竹竿、报纸夹子、文件夹

交接处都有螺丝固定。

无论怎样，这些手工制作都是老爸生活的智慧啊！

小心事

长相

我也记不清楚从什么时候开始注意自己的长相。

在这之前，从不关心自己长得怎样，甚至都不觉得自己是个女孩。整日里和小伙伴们追逐、打闹，大多时候像个泥人。

大头、大莉、我，还有很多很多小孩，我们都是一样的。

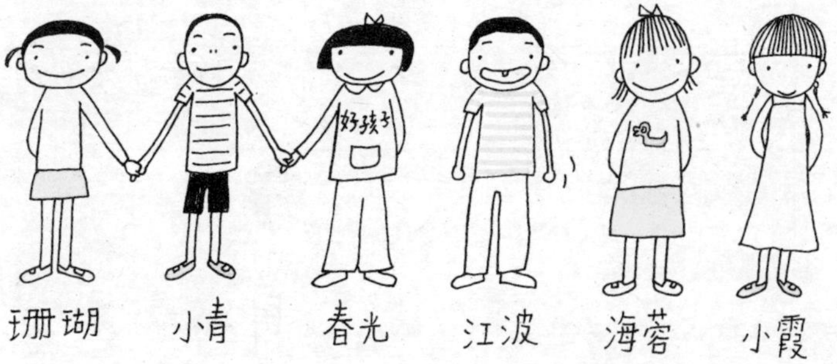

但是，慢慢地，大头不跟在我们后面跳皮筋了。

他整日里拖着大鼻涕，跟在比他大的孩子后面，排成一个队伍，还大声喊着号子："一二一，啃西瓜皮，香蕉桔子大鸭梨！。"

后来，他干脆不搭理我们啦。

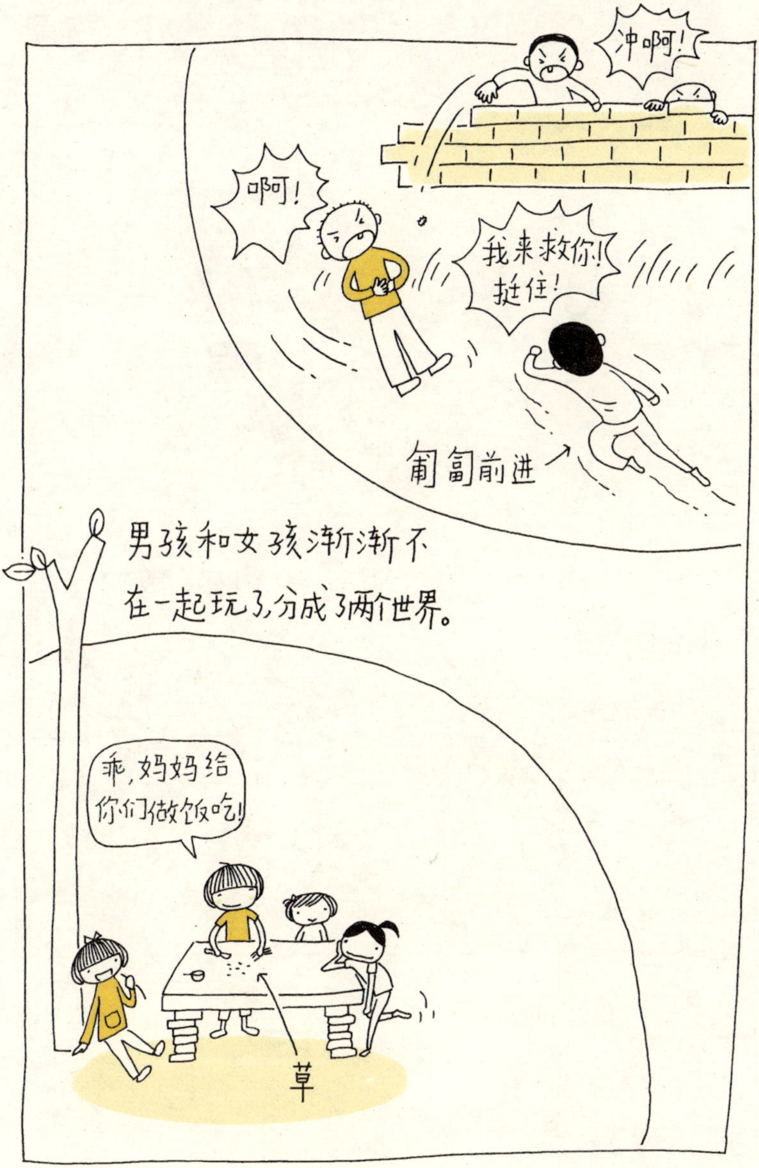
冲啊!
啊!
我来救你!挺住!
匍匐前进
男孩和女孩渐渐不在一起玩了,分成了两个世界。
乖,妈妈给你们做饭吃!
草

女孩只跟女孩铁。曾经玩得再好的男孩，见了面也装作不认识。

这样持续了很久，直到某个时候，开始在意别人的看法。

开始审视自己。

首先，头太大！它占了整个身体的很大一块比例。头重脚轻，远远看去，像一个会走路的蘑菇。

因为头大，脸也跟着大。

总之，从一开始，我对自己的长相就很不满意。这种念头一直伴随着我。

并且因为头大，穿脱衣服成了一件痛苦的事。

有一次，幼儿园里演节目。其他小朋友都分到了大头娃娃的道具戴在头上。幼儿园的阿姨开玩笑说——

无论穿什么衣服都不出效果。

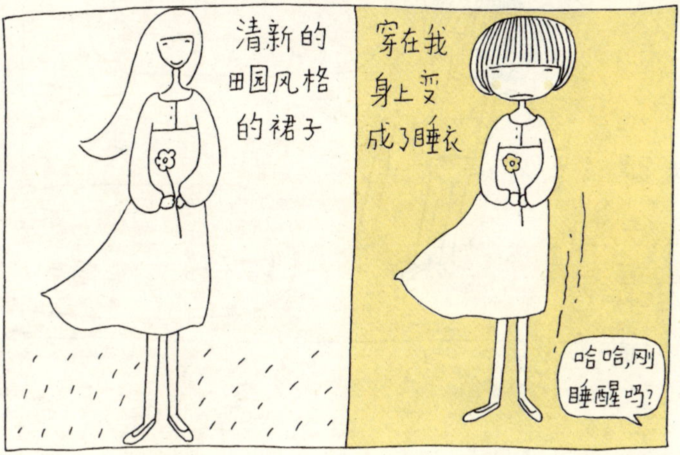

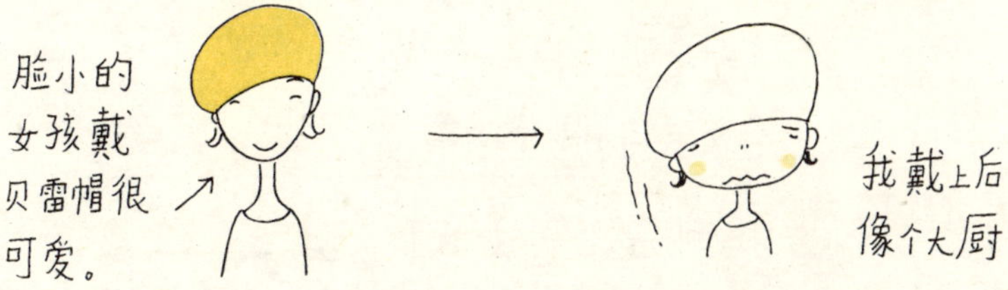

唉！

无论我自己怎么想，

在妈妈眼里，

我都是个完美的小孩。

我和大头

我和大头一样，都是有外号的人。

大头一点都不喜欢别人叫他"大头"。

他更擅长弹弓和爬树。他爬起树来像虫子一样灵活。但他的外型把他的特长掩盖了，大家只管这么叫，有什么办法呢？

嘿嘿！
救命啊！
哈哈！

我也不喜欢别人叫我"眼镜"。

这个外号跟了我很长时间。

直到有一次轮到我所在的小组办黑板报，我在黑板上画了两个大大的灯笼，展示了我的绘画才能，他们才改叫我"大师"。

其实，我更擅长画暖壶和各式各样的杯子。

就像这样——

但组长说，这几样不太适合画在"奔向2000年"这样的大标题下面。

看着黑板上"奔向2000年"、"实现四个现代化"的字样，我们开始计算着各自的年龄，憧憬着"楼上和楼下、电灯和电话"，"自来水一拧，水流哗啦啦"的美好生活。

高考后遗症

对着标准答案一遍遍地算分数

经常做与考试有关的梦

一直在想的事

夜

深了，

睡在我上铺的小玲

不时发出香甜的鼾声。

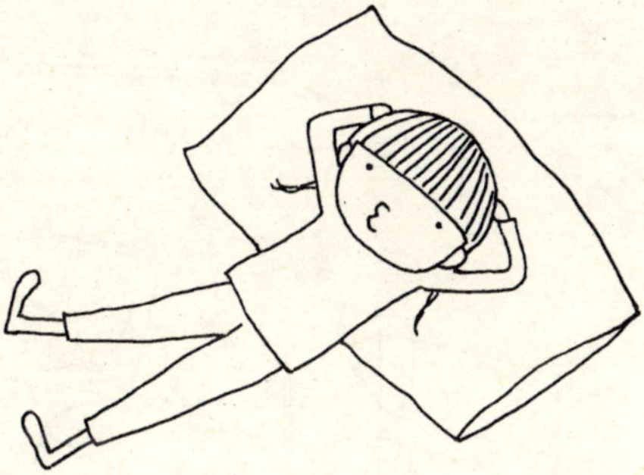

我辗转反侧。

又是一个不眠夜！

每当这时，

我都会无比深情地回忆一下从前——

大头借我的半块橡皮还给我了吗？

然后心潮澎湃地展望一下未来——

我要认真地过每一分钟！

最后严肃认真地思考一个重大现实问题——

上铺这块床板不会“咣当”一声掉下来吧？

我的大学生活就这样开始了！

宿舍的夜晚——

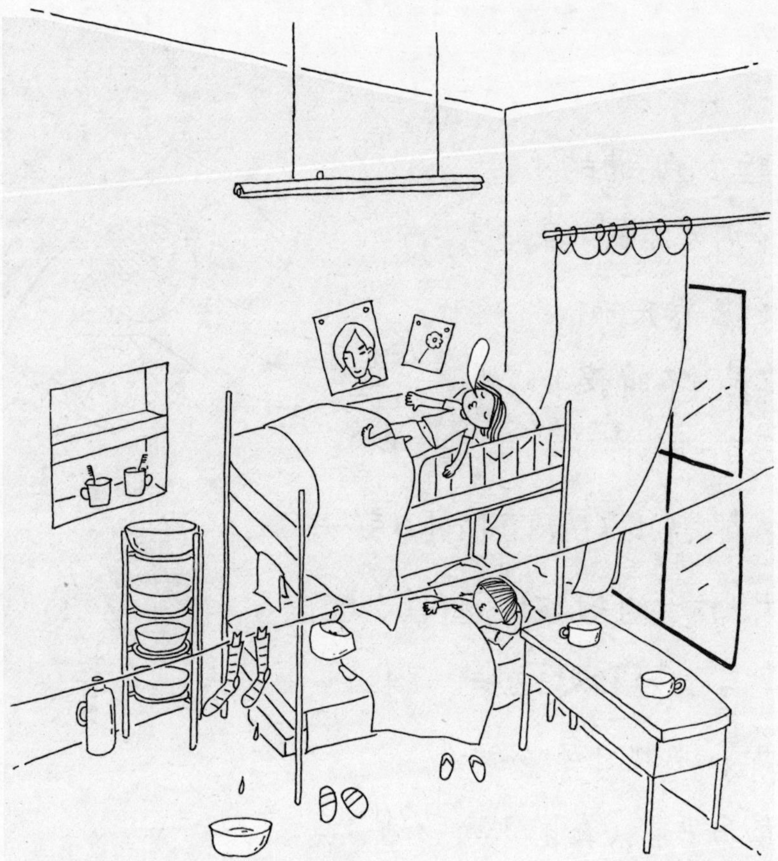

初入社会

俱乐部的舞会

工业系的男生一直走在潮流的最前端。尤其是在大学生俱乐部的舞会上。当慢三的曲子一停，开始放快节奏的音乐时，工业系男生们一哄而上，占据了舞池的大半江山。从装扮上看，有留长发的，有扎小辫的。跳的都是最流行的舞步。

一次，我刚推开俱乐部的门，就被刺眼的灯光闪了一下。舞池里一大帮人或低着头或作半蹲状，表情极为迷茫。手随着音乐前后左右上下有节奏地摸索。

音乐一停，我凑到比我高一届的大鲁跟前问："刚才你们跳的什么舞，抽空教教我哈！"

大鲁扶了扶眼镜说："哦，刚才跳着跳着我眼镜掉地上了，大伙帮我找眼镜呢！"

难忘的实习期

大学毕业后，在一家公司做服装设计工作。

按照公司规定，新进的学生都要先到车间实习。

自由散漫惯了的我们穿着统一的工作服，被安排在蒸笼一样的漂染车间实习。实习老师为我们争取了一间小屋，当休息室用。

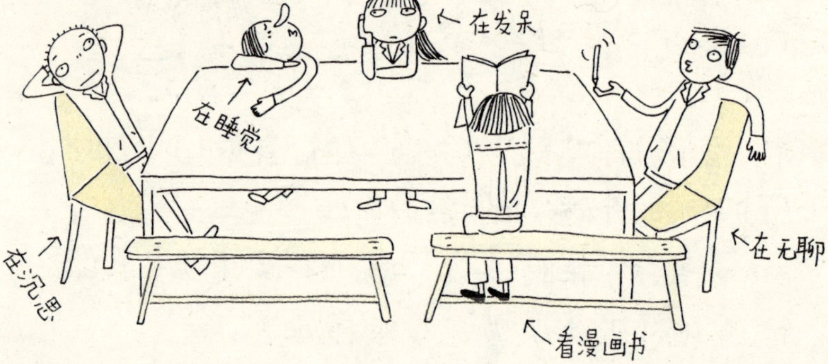

这日，我们正在无聊，忽然有人提议——

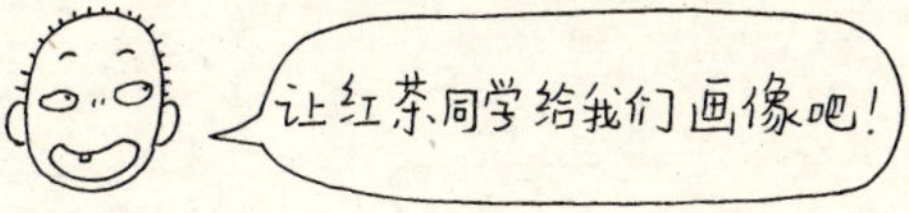

于是，大伙排着队让我画。

画完后——

我画的众人——

画完后的像摆了一桌子，没有一个人拿走。

只有一位好心人拿走了画像。

后来——

再后来——

唉！恼人又难忘的实习期！

唯一令人欣慰的是在这期间遇见了水手。不过，他也被我画过，哈哈！

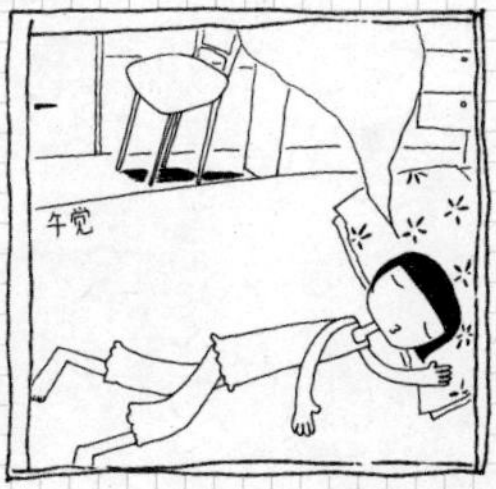

不上班的日子

经历"抑郁"

以前，我总认为抑郁离我很远。

那些和抑郁有关的测试连看都不看。

但自从宅在家里，便很少与外界接触。

因为缺乏运动，身材慢慢走了样。

尤其是最近，开始失眠。

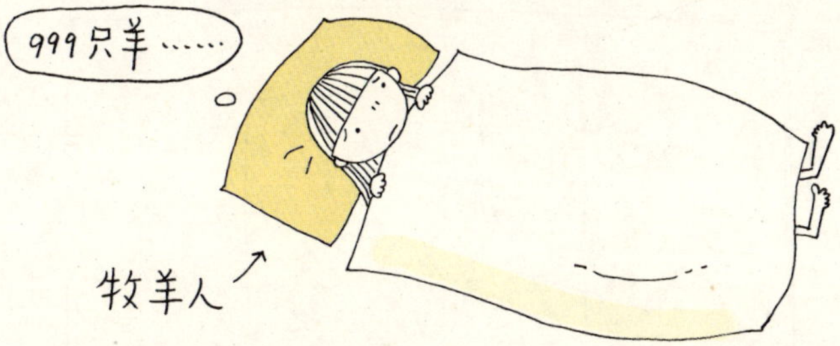

做什么事都感觉没劲——

连平日里最爱看的动画片也变得无趣。

觉得自己一事无成，尤其是在阴雨连绵的日子里。

开始关注那些关于抑郁的测试——

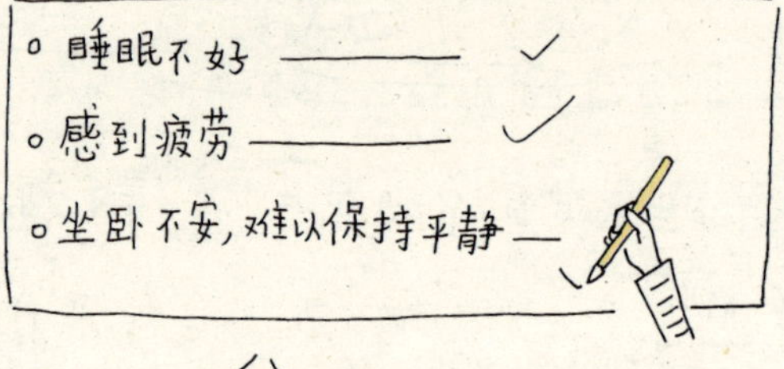

可怕的是这些症状我都有！

我抑郁啦!
这就是传说中的抑郁?!
我该怎么办!?
还有救吗?

抑郁症?
你以为谁都能得上吗?
你只是暂时的心情不好而已!
比中奖还难?
我尝试着晨练
跑步
学习太极拳
跳绳
飞
吸气
经常做深呼吸——
呼气

和久未见面的朋友聚会!

做自己喜欢做的事情。

看蚂蚁搬家

记录植物的成长

太阳又出来了！

照在外面，照进心里！

生活真美好！

愤怒的柿子

去年还是前年的这个时候，从红叶谷买了一对并头长的柿子，颜色润润的，样子也憨。喜欢得不得了，更舍不得吃了。栓了根绳挂在墙上。白墙一衬，简直就是一幅写意国画！

最初几日，一抬头看到那两团红彤彤的颜色就振奋，做什么都带劲，拖地也拖得比以前干净。

新鲜了也就一周。随着琐碎生活的进行，就忘了那里挂着什么。或者说已经习惯了那两团红颜色就像它们本来就长在上面一样自然。

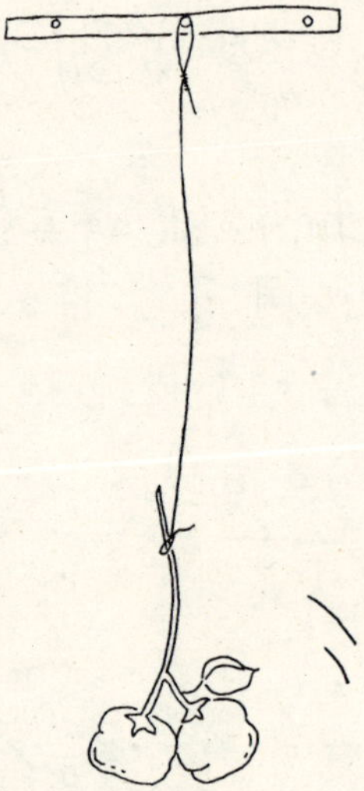

又过了不知多长时间。

一日，我们正在吃晚饭，忽然听到“噗”的一声闷响。我猛然想起了什么，立马往墙上看去——挂柿子的绳子在墙上荡悠着。也许是对我们忽视的抗议，柿子已经愤怒地摔在地上自尽了！

黑乎乎、黏乎乎一滩，提都提不起来。

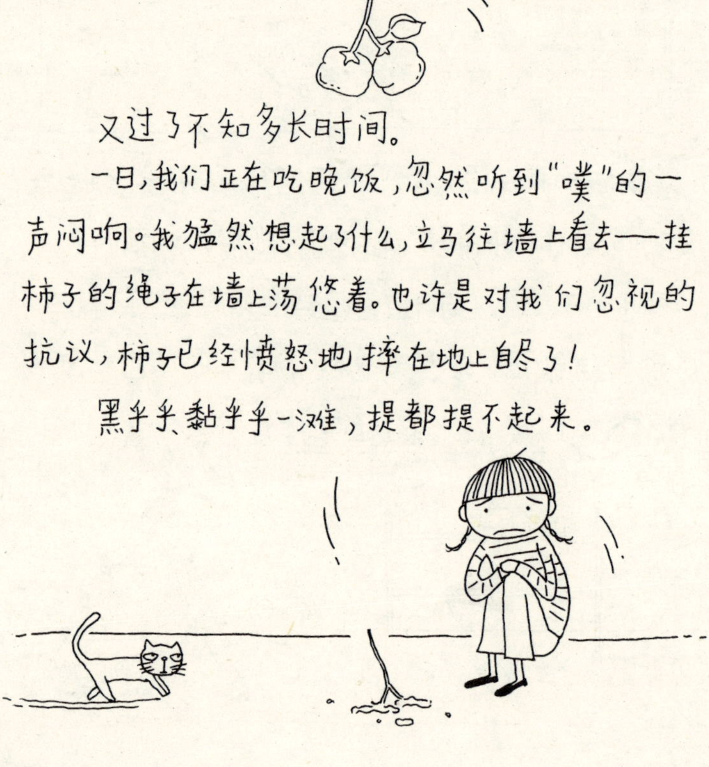

沸腾年代

厨房里有一把烧水的壶，水一开，它便发出很大的声响，告诉我们——水已经开了。用得久了，声音越来越小。现在，它干脆不吱声了，里面早就翻江倒海了，外面依然不露声色，可谓闷骚！

关于沸腾，记得上学时物理老师先讲了一个反面教材："有次上课，我问一位同学什么叫沸腾，答曰——上下翻滚、里面冒泡。"看得出来，老师对这个答案很不满意。之后，她认真讲解了什么叫沸腾。其实令老师更没想到的是——到现在，我只记住了那个反面教材。我觉得用"上下翻滚、里外冒泡"解释沸腾挺实用的。

后来上了大学，我们嫌生活太枯燥，一场大雨后，打算到附近的迪厅沸腾一下。不料，那家迪厅改成了夜总会。于是我们摸进一家叫“沸点”的酒吧。那是第一次进酒吧。轻柔的音乐、恍惚的灯光里，六个人挤在一张小木桌旁，每人点了一杯咖啡，谈判一样坐了一个晚上。没有沸腾成。我们只好回到学校继续平静的生活。

工作后，再次来到“沸点”。这次正逢一个节日，里面热闹得很。大家越玩越开心，最后，很多人跳到桌子上面齐声唱歌。我们玩到半夜，回到宿舍傻了眼——宿舍早就关门了。好在人多，不开心也变开心。我们又唱了一会儿歌，下半夜就在说说笑笑里打发了。

随着年龄的增长，我也像这把烧水的壶，变得越来越沉默。

收起记忆的网，发现很多往事就像河水，悄无声息地流走了。网住的往往是印象深刻的。那些沸腾的泡泡不时地在岁月的大河里冒出来，在心里上下翻滚……